UNE

HAINE

ÉPISODE PATRIOTIQUE

EN UN ACTE ET EN VERS

PAR

Eugène LELIMOUZIN

de Verdun

> Quel monde d'images, de sentiments, de pensées à la fois distinctes et confuses, suscite en vous ce seul mot : LA PATRIE !
>
> (COUSIN.—*Du Vrai, du Beau et du Bion.*)

VERDUN

IMPRIMERIE DE CH. LAURENT, LIBRAIRE ET LITHOGRAPHE

1, Rue des Gros-Degrés, 1

1874

UNE

HAINE

ÉPISODE PATRIOTIQUE

EN UN ACTE ET EN VERS

PAR

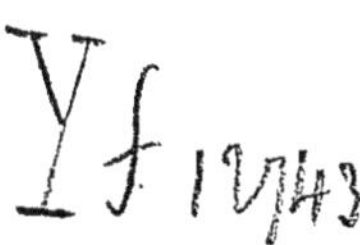

Eugène LELIMOUZIN

de Verdun

> Quel monde d'images, de sentiments, de
> pensées à la fois distinctes et confuses,
> suscite en vous ce seul mot : LA PATRIE!
>
> (COUSIN.—*Du Vrai, du Beau et du Bien.*)

VERDUN

IMPRIMERIE DE CH. LAURENT, LIBRAIRE ET LITHOGRAPHE

1, Rue des Gros-Degrés, 1

1874

A Messieurs

Paul CAVACCIUTTI, Charles WILLEMET, Paul BRUNEAU, Amand MARESCHAL, Lucien PÉRIDON, Bénoni GOUJON et Savinien de ROTON.

Permettez-moi, chers amis, de vous dédier cette brochure composée à l'heure de la séparation. Qu'elle soit, durant l'absence, le trait d'union reliant les instants que nous avons vécu ensemble au jour qui doit nous réunir. —Pour vous, c'est un souvenir ; pour moi c'est une amende honorable..... que pour vous et pour moi ce soit un espoir.

J'aurais pu vous offrir un bouquet, vous le savez ; mais il n'eut pas été arrangé à votre intention. Ce n'est qu'une fleur, bien pâle, peut-être, que je vous apporte aujourd'hui ; mais ne possédât-elle que le parfum de l'amitié sous laquelle elle s'est épanouie, du moins ce parfum est à vous.

Eugène L.....

PRÉFACE

En écrivant cette brochure, l'auteur a eu pour but de se faire l'interprète des sentiments de ses concitoyens à l'égard de nos vainqueurs. Si on l'accuse de s'être parfois écarté légèrement de la vérité en ce qui concerne Verdun, il répondra que, poëte, il a cru devoir ajouter à ce qu'il a vu quelques détails dont d'autres villes ont été témoins, quelques teintes sombres, prises çà et là sur l'immense et terrible tableau de la dernière guerre. Peut-être n'a-t-il rempli qu'imparfaitement sa tâche ; le talent n'ayant pas secondé sa bonne volonté, peut-être n'est-il arrivé qu'à faire une esquisse grossière, aux contours vagues, aux teintes pâles et sans vie..... qu'on le lui pardonne : il écrivait en vers..... — Et puis, ces pages ne sont pas nées d'un travail assidu : c'est le fruit d'un instant de distraction, pris en dehors d'occupations plus positives et plus..... sérieuses ; c'est un chant échappé le soir, non pas à un vieillard qui ajoute une page à des œuvres déjà volumineuses, mais à un jeune homme qui s'essaie.

L'auteur de « *Une haine* » pense donc avoir droit à l'indulgence de ceux qui voudront bien le lire, quelles que soient les imperfections que contienne son œuvre, au point de vue de la littérature.

Et puisque ce mot « littérature » vient — peut-être bien mal à propos et avec un air pédantesque, — de se placer sous sa plume, il croit devoir expliquer, en deux mots, avec quel esprit *littéraire* il a composé cette brochure, et comment, s'il avait le droit de donner son avis, il entendrait le style du drame en ce qui concerne la *lettre* et la *structure* du vers.

Selon lui, pour écrire, il faut avoir des principes bien arrêtés et déduits de la comparaison des nombreux et différents auteurs dont les œuvres ont passé ou passeront à la postérité, et qui se divisent en deux groupes bien distincts : les *classiques* et les *romantiques*,—mots usés aujourd'hui, il se sait aussi bien que personne. N'ayant pas la prétention ni le talent de défendre l'une quelconque des deux écoles, ni *à fortiori* d'en fonder une nouvelle, il se contentera d'émettre, sans les motiver, les conclusions qu'il a tirées d'un semblable examen.

Si Victor Hugo, avec tout son génie, est arrivé, en appliquant ses préceptes dans toute leur extension, à créer parfois des vers et des pièces qu'on pourrait traiter de *monstres*, ce n'est pas dire pour cela que la nouvelle marche donnée à la littérature, par l'auteur de la *Préface de Cromwell*, soit tout à fait vicieuse ; certes, elle a du bon en ce qu'elle combat la monotonie déclamatoire et invraisemblable du style classique pour la remplacer par le désordre et le naturel du langage ordinaire. Mais elle a le tort de sacrifier trop souvent l'harmonie à la pensée, et de faire prévaloir l'une au détriment de l'autre. En somme, dans un dialogue suivi, dans une conversation à interruptions fréquentes, Victor Hugo a raison ; dans la tirade, où les pensées sont mieux enchaînées et souvent plus élevées, la majesté du vers *classique* convient mieux.

L'auteur de cette brochure n'a donc suivi ni les anciens, ni les modernes : il a pris quelquefois à ceux-là la cadence de l'alexandrin, à ceux-ci, *toujours* le naturel et la vraisemblance des expressions, en supposant le tout sorti de la bouche d'un homme qui aurait *l'âme de Corneille et la tête de Molière* (1). Mais si son ouvrage valait la peine qu'on le classât dans l'une des deux écoles, quoique ayant bien des points de contact avec la première, il serait mieux à sa place dans la seconde.

(1) Victor Hugo.

Verdun, Décembre 1873.

UNE MAINE

PERSONNAGES.

MONTERMÉ, vieux soldat retraité, ouvrier.
BLANCHE, fille de Montermé.
Henri MULHERR, officier allemand.
LUCIEN, officier français.

La scène se passe près de Verdun, en 1873, après l'évacuation.

SCÈNE I.

BLANCHE, MONTERMÉ.

MONTERMÉ.

Blanche, ton fiancé nous arrive ce soir...
Tu le sais, n'est-ce pas?

BLANCHE.

Oui, père !

(A part.)
O désespoir !

MONTERMÉ.

Il revient bienheureux..... Tiens, lis, voici sa lettre.

(Blanche lit la lettre que lui donne son père, d'une voix qui s'affaiblit
de plus en plus à mesure qu'elle approche de la fin.)

Mon cher oncle,

Lorsque après la guerre je revins à Verdun, je vous fis part de mon amour pour Blanche, votre fille, et vous suppliai de me donner sa main. Ce projet vous sourit. Vous nous trouviez trop jeunes tous deux pour contracter ensemble une union qui était l'unique rêve de mes nuits et que ma cousine semblait accepter avec bonheur. Vous m'avez demandé d'attendre deux ans. Ce délai est expiré et je viens vous rappeler votre promesse. Vous le savez, ma position a changé depuis cette époque, mais mon cœur est resté ce qu'il était, et mes sentiments n'ont vieilli que pour devenir plus tendres et plus dévoués.

J'ai hâte de revoir celle que vous me destinez pour épouse. J'arriverai lundi soir.

Votre neveu,

Lucien VERNON.

BLANCHE, à part, après avoir lu la lettre.

Lundi soir!... aujourd'hui!

(Pensive, elle fixe ses yeux à terre.)

MONTERMÉ.

J'ai bien fait de promettre
Ta main à Lucien.—C'est un homme d'avenir,
Qui, si Dieu le permet, ne peut que parvenir...
Sous les rayons ternis d'une auréole ancienne,
Il joint sa propre gloire au reflet de la mienne.
—A vingt-cinq ans, déjà lieutenant, décoré!
C'est splendide!..... c'est plus qu'il n'avait espéré.
Et je suis bien forcé de l'avouer moi-même,
En le voyant grandir ma surprise est extrême.....
Mais, Blanche, qu'as-tu donc?... qu'as-tu?... tu ne dis rien.
N'es-tu pas bien heureuse?

BLANCHE.

Oh!... que je souffre!

MONTERMÉ.

Eh bien!
Pourquoi cet air maussade et ce triste sourire,
Dis, ma fille, réponds!

BLANCHE (à part.)

Oh! mon Dieu! que lui dire?...

MONTERMÉ, en souriant.

Oui, c'est vrai... je comprends... son retour te fait peur :
Un cœur de jeune fille est un si faible cœur !
Puis on me quittera,—je comprends ta tristesse !

(Avec une doucé gravité.)

Cependant, je ne puis te voler ta jeunesse ;
Vois-tu, ma chère enfant, la nature a sa loi :
Tu te dois à l'époux et je me dois à toi ;
Je ne puis t'entraîner, tu ne dois pas me suivre,
J'ai vécu, je suis vieux et c'est à toi de vivre !
Pourquoi, lorsque la mort va terminer ses jours,
Le vieillard voudrait-il, tyran dans ses amours,
Ranimer, pour finir sa débile existence,
La flamme qui s'éteint à celle qui commence ?
Pourquoi ternirait-il un front candide et beau
Du souffle de la mort, de l'ombre du tombeau ?
— Non, non !... mon amitié, Blanche est plus généreuse ;
Trop heureux, en mourant, si ma fille est heureuse,
Je saurai m'arracher aux élans de mon cœur
Pour assurer sur elle un durable bonheur.
    Vois-tu,—tu le sais bien,—nous sommes sans fortune,
Et notre pauvreté, ma fille, m'importune,
—Non pour moi, qui nâquis au milieu de ces champs
Et qui vécus toujours dans l'épreuve des camps,
Faisant mille projets en mon âme hautainé,
Sans pouvoir, quoique instruit, devenir capitaine ;
Non, mon sort me suffit, je suis heureux ainsi ;—
Mais toi, tu ne dois pas vivre toujours ici.
Un meilleur sort t'attend, toi si douce et si bonne,
Enfant de mon amour que n'égale personne,
Et je voudrais, avant de descendre au tombeau,
Te voir, près de Lucien, jouir d'un sort plus beau.

BLANCHE ; embrassant son père avec effusion.

Mon père !.,. mon bon père !

MONTERMÉ, la serrant dans les bras.

O ma fille chérie !
O fleur de mon amour et parfum de ma vie !.

BLANCHE.

Pourquoi me parles-tu sans cesse de ta mort ?

MONTERMÉ.

A nous autres vieillards; n'est-ce pas notre sort ?

BLANCHE, se jetant au cou de Montermé.

Tais-toi, bon petit père, ou bien je te querelle :
Ta fille te sourit, il faut rire avec elle !

(Elle l'embrasse,)

MONTERMÉ, avec brusquerie.

Eh bien ! je ris aussi !... mais enfin, laisse-moi !
Ne suis-je pas trop vieux pour jouer avec toi ?

(A part.)

Je pleure, maintenant ?

(Haut.)

Ah ! ma fille, sois sage !

(A part.)

Corbleu !... le rouge doit me monter au visage !

(Haut.)

Je dois sortir...

(A part.)

Pleurer !... un soldat retraité !

(Haut.)

Car l'on a des devoirs dans la société...
Adieu ma fille.

BLANCHE.

Adieu ! mon père,

(Elle l'embrasse.)

MONTERMÉ.

Assez, de grâce !

BLANCHE.

Eh bien !... tu ne veux plus que ta fille t'embrasse

MONTERMÉ.

Si, Si, je le veux bien !

(A part.)

Pleurer ! Nom d'un chacal !...
Un vieux soldat d'Afrique !... ah ! c'est honteux ! c'est mal !..

(Haut.)

Adieu, ma fille adieu !...—Je reviens dans une heure.

(Il sort.)

SCÈNE II.

BLANCHE, seule.

BLANCHE, le suivant des yeux.

Comme il m'aime, mon Dieu !... Si je l'embrasse il pleure!
—Eh quoi ! ce cœur durci dans le feu du combat
Peut s'émouvoir encore !... il peut aimer... il bat !
Et ces yeux, desséchés par le reflet des armes
Et le vent des soupirs, quoi ! ces yeux ont des larmes !
Oh ! ces hommes des camps, je les croyais de fer,
Je croyais qu'à leur cœur il n'était rien d'amer
Et que l'amour était, pour le soldat qui tue,
Un songe, que glaçait son regard de statue !
Mais non... non, il espère, il aime, il peut souffrir...
Et moi, moi, son enfant, quoi ! j'oserais ternir
Son regard sous des pleurs en niant sa parole !
Le père souffrirait des coups de son idole !
Si je disais... oh ! non ! — Ah ! périsse le jour
Où dans mon cœur a lui le rayon de l'amour !
    O mon père, ta fille, oubliant sa promesse,
A trahi ton espoir et trompé ta tendresse.

(Un silence.)

Lucien !...—C'est aujourd'hui qu'il arrive, et demain
Il me demandera mon amour et ma main.

C'est demain ! Oh ! mon Dieu !... que dirai-je à mon père ?
Pourrai-je prononcer le serment qu'il espère ?.....
Comment donc, sans rougir, me jeter dans les bras
D'un homme qui m'adore... et que je n'aime pas ?
Je ne puis lui donner ce qu'un autre possède !
— A ce coup, ô mon Dieu, n'est-il point de remède ?—
Que faut-il que je fasse ? — Oublier le bonheur,
Epouser Lucien ? Non !... Faire parler mon cœur ?
Oh ! jamais !!!... Cependant, s'il lisait dans mon âme,
Mon père, aimant l'enfant, pour complaire à la femme,
Consentirait peut-être à m'unir à celui
Sous le regard duquel je frissonne aujourd'hui.
Oui, mais il souffrirait et n'oserait le dire,
Cachant le deuil du cœur sous les plis du sourire.
Il pleurerait et... non ! renonçons à jamais
A ce rêve d'amour ; oublions désormais
Ce projet insensé que j'ai formé moi-même.
D'ailleurs, je ne sais rien de cet homme que j'aime :
J'ignore ce qu'il est ; je ne sais que son nom.
D'où vient-il ?... Je ne sais !—Mais je sais qu'il est bon,
Et que je l'aime, moi !

(Entre Henri Mulherr, il se tient immobile sur le seuil de la porte.)

SCÈNE III.

BLANCHE, HENRI.

HENRI, sans être vu de Blanche.

Je suis seul avec elle !

Seul ! car j'ai vu sortir son père !... —Qu'elle est belle !

BLANCHE, s'asseyant lentement et avec extase.

Oh ! je l'aime !... je l'aime !!!...

HENRI, s'élançant vers Blanche.

Oh !... Blanche !

BLANCHE, se levant.

Vous, ici?...

Oh! mon Dieu!... Vous!...

HENRI.

Mais oui..... pourquoi trembler ainsi ?
Votre père est absent!... — Puis, il vous emprisonne,
Je viens quand il s'éloigne !

BLANCHE.

On vous a vu.

HENRI.

Personne,

Blanche; rassurez-vous.

BLANCHE.

Henri, j'ai peur !...

HENRI.

De quoi?

BLANCHE.

Du monde, des passants, et puis... de vous !

HENRI.

De moi?

Un tel soupçon, de vous, Blanche, m'est une insulte
Car craindre mon amour, c'est douter de mon culte

BLANCHE.

Oh!...

HENRI.

Mais qu'avez-vous donc, aujourd'hui ?

(Blanche tressaille à cette question.)

BLANCHE.

Je n'ai rien !...

HENRI.

Blanche, je vous connais comme moi-même, eh bien !...
Au son de cette voix émue et haletante,
A l'éclat de vos yeux, à votre main tremblante....

BLANCHE , l'interrompant vivement.

Henri, que dites-vous? mais je ne souffre pas,
Et je suis bienheureuse, auprès de vous,

(Avec un soupir à part.)

Hélas !!!...

HENRI, continuant avec feu.

A ce sanglot, enfin, qui sort de ta poitrine
Et vient te démentir, ô Blanche, je devine
Qu'un malheur inconnu s'est abattu sur toi,
Mais, que dis-je? qui sait? peut-être aussi sur moi!

BLANCHE.

Eh bien! oui... oui, c'est vrai!—Pourquoi nier encore
Qu'un mal, qu'une pensée affreuse me dévore?—
Henri, préparez-vous à la douleur : demain
Mon cœur vous reniîra, car j'ai promis ma main!

HENRI, impétueusement.

Mais, moi, je serai là !... mais, Blanche, je vous aime!...
Oh! vous refuserez!... car vous m'aimez vous même !
Mais, avant que la nuit ait terminé ce jour,
Je vais à votre père avouer mon amour,
Et vous, dont je connais l'inflexible énergie,
Eh bien! vous m'aiderez, n'est-ce pas, mon amie,
A rompre ce projet, ce mariage affreux,
Qui vous rendrait, parjure et moi... moi, malheureux !
—Rien!... rien !!...—Mais parlez donc !... dites une parole!
Parlez donc !... parlez donc !!!

BLANCHE, à part.

Sa douleur me désole!

HENRI.

Oh! vous ne m'aimez plus !

BLANCHE.

Mon Dieu; pardonnez-lui!....

HENRI.

Blanche !

BLANCHE.

Si vous saviez, Henri, ce qu’aujourd’hui
Ce cœur, gros de soupirs, qu’accuse la colère,
A souffert, a pleuré, quand j’appris par mon père
Qu’il fallait à jamais me séparer de vous
Et qu’un abîme affreux se creusait entre nous !

HENRI.

Oh ! mais je le tûrai ce rival, cet infâme
Qui s’en vient, souriant, me dérober ma femme !
—Son nom ?... quel est son nom ?...

BLANCHE.

Vous ne le tûrez pas :
Il est de ma famille !

HENRI.

Il viendra dans mes bras,
M’enlever mon amour, mon bonheur et ma vie,
Sans exiter en moi qu’un mouvement d’envie !
Oh ! ne l’espérez pas !...

BLANCHE.

Je l’espère pourtant

HENRI.

Eh bien ! je lui dirai que je suis votre amant !

BLANCHE, avec dignité.

Henri !

HENRI.

C’est vrai, j’ai tort ; mais tu dois me comprendre
Et sentir, en parlant, que tes mots peuvent rendre
Un cœur aimant, haineux, et son langage amer :
Le lac, sous l’ouragan, bondit comme la mer.
Oh ! si ton cœur pouvait savoir combien je t’aime
Tu me pardonnerais, ô Blanche, ce blasphème,
Et voilà bien longtemps, déjà, que cet amour

Fait tressaillir mon sein : voilà deux ans.—Un jour
Je passais à Verdun (c'était pendant la guerre)
Vous étiez appuyée au bras de votre mère
Et, les larmes aux yeux, vous regardiez passer
Des soldats. Ce tableau parraissait vous glacer.
Ah ! quand même le ciel, prolongeant ma vieillesse,
Me ferait oublier ma première jeunesse,
Quand, laissant s'augmenter le nombre de mes pas,
Il viendrait reculer le jour de mon trépas
Et la fin de mes maux, jusqu'à ce que le monde
S'écroule avec fracas dans une nuit profonde,
Je n'oublîrai jamais, au sein de mes douleurs,
Ce profond désespoir qui parlait par vos pleurs,
Quand passa devant vous cette armée ennemie
Qui venait d'écraser la France. O mon amie,
Ce tableau m'éblouit et me découragea,
J'aurais voulu rester : je vous aimais déjà !

(Il s'aperçoit que Blanche pleure.

Mais, quoi ! cette douleur, est-ce moi qui l'apporte ?

BLANCHE.

Un triste souvenir, Henri : ma mère est morte,
Et vous me parliez d'elle !... hélas ?

HENRI.

Pardonne-moi
D'avoir fait approcher la douleur près de toi !

BLANCHE.

Puis-je un jour, seulement, cesser de vous sourire ?

HENRI.

Merci, Blanche, merci !.. Ce que tu viens de dire
Me rend fou de bonheur !.. Tu m'aimes, n'est-ce pas ?
Oh ! répète-le-moi !.. J'ai tant besoin, hélas !
A cette heure, surtout, de cet amour pour vivre !
Redis-le-moi, ce mot, dont mon âme s'enivre,
Ce mot qui tour à tour me rend rêveur et gai.

Vois-tu, Blanche, je t'aime, et je suis fatigué
De venir chaque soir, en suivant les murailles,
Dérobant à tout bruit mon corps dans les broussailles,
Te demander tout bas, comme un larron qui fuit,
L'espoir du lendemain, les rêves de la nuit.
Tu le sais, c'est ainsi que, près de ta demeure,
Je viens calmer mon âme et vivre heureux une heure
A l'abri des regards d'un monde que je hais ;
Tu sais bien tout cela, n'est-ce pas, tu le sais?...
Quand parfois dans la nuit tout dort et tout repose,
Et qu'à chaque maison chaque porte est bien close,
Je rencontre, en venant, un tardif voyageur
Qui me lance ce mot au visage : voleur !
Puis son bras se levant vers mon front qui se glace
Semble montrer au ciel un criminel qui passe.
Et pourquoi, cependant, venais-je près de toi
Ainsi qu'un malfaiteur que recherche la loi?
— Pour recevoir ce mot lancé de ta fenêtre,
Aliment de l'espoir qui s'appelle : peut-être !
Puis je m'en retournais en me disant : demain
Peut-être sur mon cœur presserai-je sa main ;
Qui sait? peut-être même, ayant quitté sa couche,
Sentirai-je frémir sa bouche sur ma bouche.
Mais vain espoir, hélas !.. tu ne pouvais venir,
Et, sur mon froid passé, je voyais l'avenir,
Perdant à chaque soir de sa teinte vermeille,
Répandre mille pleurs sur les pleurs de la veille ;
Alors, j'ai réagi sur ma timidité,
Je suis venu !... pardonne à ma témérité !

BLANCHE.

Mais vous étiez donc là, lorsque mon père.....

HENRI, l'interrompant.

Ecoute.

Je passe tous mes jours, Blanche, sur cette route,
A jeter sur ta chambre un humide regard,

Espérant dans mon cœur que la main du hasard
Mettra devant mes yeux, un instant, ton image :
Je passe sans te voir, rien ne me décourage ;
Car je sais que le soir, — quand tout est en repos,
Que nulle voix de l'air ne trouble les échos, —
Quelques mots tomberont dans mon cœur, de ta bouche,
Et que je porterai le bonheur sur ma couche.
Et puis, aucun travail ne m'impose sa loi ;
Rien ne m'arrête ici : je n'y suis que pour toi !
Pour te voir, pour t'aimer et réchauffer mon âme
Dans les embrasements d'une céleste flamme.

    J'étais donc là, rêveur comme toujours, assis
Face à face avec toi, sur le haut des glacis ;
Quand ton père sortit, je tressaillis de joie,
D'un rêve inattendu je me sentis la proie
Et, sans savoir pourquoi, Blanche, je fus heureux,
Lorsqu'instinctivement, l'accompagnant des yeux,
Je le vis qui suivait le chemin de la ville !...
Tout mon corps frissonna d'un tremblement fébrile....
Que te dirai-je encor ? Tu restais seule ici,
J'écoutai mon amour, je vins et me voici !

BLANCHE.

Merci !... — Mais maintenant, mon ami, partez vite :
Mon père peut rentrer.

HENRI.

             Non, Blanche, je l'évite
Depuis assez longtemps ; j'attendrai son retour.

BLANCHE.

Oh ! s'il rentrait !..

HENRI.

           Je veux lui dire notre amour
Et le prier enfin de m'unir à sa fille ;
J'ai là, pour le fléchir, mes titres de famille,
Ma fortune et mon grade, arrivés de Berlin

Hier soir. Comme vous, je suis un orphelin,
Je puis donc disposer.....

BLANCHE, qui paraît très-émue depuis qu'elle a entendu le mot : Berlin

Excusez ma demande ;
Vous êtes?...

HENRI.

Officier de l'armée allemande.

(Blanche recule à ce mot.)

Commandant, sur le point de passer colonel,
Et de vous jurer, Blanche, un amour éternel...

BLANCHE, avec un cri.

Oh ! mon Dieu !...

(Elle fait quelques pas et semble en proie à un profond désespoir.)

HENRI.

Qu'avez vous, dites-moi, mon amie ?

BLANCAE.

Oh ! mon rêve !.. perdu !.. pour toujours, pour la vie !...

HENRI, allant vers elle.

Eh bien ! Blanche, pourquoi ce cri, cette douleur?...

BLANCHE, avec un geste de mépris.

Il le demande !., Et bien ! c'est qu'au fond de mon cœur
Je viens de découvrir, — certes ! cela me peine, —
Que je n'avais pour vous que mépris et que haine !

HENRI.

Blanche, Blanche, tu perds sans doute la raison !
Mais tu m'aimes !... cent fois tu me l'as dit !

BLANCHE.

Moi?—Non !...

Je ne m'en souviens plus.... non, je rêvais, sans doute !

(Avec une froide ironie.)

Vous faudrait-il quelqu'un pour vous montrer la route,
Etant étranger ?

HENRI.

Ciel ! Je suis fou !.. j'en suis sûr !
— Mais c'est à se briser le crâne contre un mur !

(Il prend sa tête dans ses deux mains avec désespoir, puis après un silence.)

Ah! oui!.. oui, je comprends, Blanche, ton héroïsme;
Vous appelez cela, je crois, patriotisme!
Ah! je saurai bien vaincre un scrupule si fou;
Prenons donc le bonheur qu'il vienne on ne sait d'où!
Que fait à notre amour le lieu de ma naissance :
Partout un cœur aimant a la même puissance.
Oh! quoique vous fassiez, je saurai vous fléchir!

BLANCHE.

Je pensais vous avoir, monsieur, dit de sortir!

HENRI.

Mais non!.. Voyez l'amour que vous avez fait naître!
Renoncer au bonheur? — Oh! cela ne peut être! —
Non, je saurai vous faire heureuse malgré vous;
Votre père lui-même aura pitié de nous.

BLANCHE.

Le voici, justement; essayez votre audace.

(Entre Montermé.)

SCÈNE IV.

HENRI, BLANCHE, MONTERMÉ, puis LUCIEN.

MONTERMÉ.

Eh bien! qu'est-ce, monsieur?

HENRI, à part.

Oh! son regard me glace!

(Haut'(

Monsieur, pardonnez-moi d'être entré seul ici;
Mais je l'aime!

MONTERMÉ.

Monsieur!... Mais...

HENRI, montrant Blanche.

Elle m'aime aussi :
Elle ne peut mentir... interrogez vous-même
Mademoiselle.

MONTERMÉ.

Eh bien ! ma fille ?

BLANCHE, à part.

Oh ! oui, je l'aime !..

(Haut.)
Je ne vous aime pas et vous le savez bien,
Monsieur !

HENRI.

Mon Dieu ! mon Dieu ! quel destin est le mien !

(Prenant la main de Montermé.)

Daignez, je vous en prie, accueillir ma demande !

BLANCHE, montrant Henri du doigt.

Monsieur est officier de l'armée allemande !

(Monterné retire vivement sa main et fait un pas en arrière, puis
après un silence.)

MONTERNÉ, froidement.

Lorsque je suis entré, vous disiez donc, monsieur,
Que vous aimiez ma fille ?

HENRI.

Et qu'elle est mon bonheur ;
Oui, je disais ces mots que son père prononce.

MONTERMÉ.

Et vous me demandiez quelle était ma réponse ?

HENRI.

Oui... oui, c'est bien cela... mais je ne sais pourquoi.....

MONTERMÉ, l'interrompant violemment.

Je vais vous expliquer. C'est bien !.. Ecoutez-moi !
Dans cette humble maison, j'avais, avant la guerre,
Un neveu que le ciel avait privé de mère.
Je l'aimais comme un fils ; sa mère était ma sœur.

Je l'avais élevé, j'avais formé son cœur.
Au mois d'août, je partis; en raison de son âge
Il resta près de Blanche, et soutint son courage
Jusqu'aux jours malheureux de nos premiers revers,
Où la France en tombant ébranla l'univers;
Au cri de sa patrie, à son terrible râle,
Il tressaillit; alors, relevant son front pâle,
Il embrassa ma fille, et sans cris et sans pleurs
Il partit; puis, bientôt, avec les francs-tireurs,
Sans trembler un voyant sa terrible besogne,
Il harcela la nuit, dans les monts de Bourgogne
Et leurs sombres forêts, ces vandales maudits
Qui se disaient soldats et n'étaient que bandits.
Il ne connaissait pas, monsieur, ses adversaires;
Emporté par sa fougue, il fut pris par vos frères.

HENRI, avec impatience.

Et que me fait, à moi, ce récit détaillé?

MONTERMÉ.

Ecoutez!.. cet enfant, vous l'avez fusillé!

HENRI,

Moi?

MONTERMÉ.

Qu'importe le nom, monsieur : vous ou les vôtres!
Chez vous, chacun le sait, les uns valent les autres.
Celui qui prescrivit cette exécution
S'appelait Mulherr.

HENRI, s'assèyant accablé.

Ciel! Cruelle mission!
Fatalité!... Mon Dieu!..

BLANCHE, bas à Henri.

Meurtrier de mon frère!

HENRI, faisant quelques pas vers la porte.

Adieu!.. tout est perdu... —Restez à votre père!

MONTERMÉ.

Attendez donc, monsieur; car je n'ai pas fini.

Il faut que je vous montre, en ce miroir terni
Qui vit au fond des cœurs et qu'on nomme mémoire,
Les forfaits que vos fils liront dans votre histoire !
Il faut, puisqu'aujourd'hui j'en ai l'occasion,
Que je montre, par vous, à cette nation
Qui partit, dans sa serre emportant la Lorraine,
Tout ce qu'un cœur Français peut contenir de haine !
Ah ! dans votre arrogance et dans votre fierté,
Comptant sur mon amour et sur ma pauvreté,
Vous vous disiez : Cet homme, habillé d'une blouse,
Sera-t-il pas heureux de donner une épouse
A ce bel officier, qui l'honore à ce point
D'avoir aimé sa fille, un pistolet au poing?
A ce riche qui sait, sur un fils qu'il écrase,
Assassiner un homme et tourner une phrase !
Ah ! voyez-vous, peut-être, — et cela ne fait rien, —
Quelquefois, comme vous, ne parlé-je pas bien;
Mais, comme un grand seigneur, j'ai là, dans la poitrine,
Un cœur, qui se souvient, après notre ruine,
Que vos frères et vous, pendant plus de six mois,
Vous nous avez meurtris sous vos terribles lois,
Pour en écraser un vous acharnant à quatre
Et sachant mieux voler et tuer que combattre !
Un cœur qui, dans sa nuit, espère que bientôt
Vous râlerez bien bas, ayant chanté si haut !
Ah ! la haine naissant sous le bras qui mutile,
Creuse sur son passage un trait indélébile;
Quand elle entre une fois dans un cœur que l'on tord,
Et que c'est tout un peuple opprimé qu'elle mord,
Si ce peuple est français, si ce cœur est le nôtre,
Celle d'un ouvrier vaut bien celle d'un autre !
Ecoutez donc encor. — J'avais un vieil ami,
Lorsque ce sol sacré sous vos pas a frémi;
Dans un hameau voisin il vivait seul, paisible,
Regardant, effrayé, ce spectacle terrible

De la France tombant sous vos talons de fer,
— Ange, que terrassaient les démons de l'enfer ! —
    Un jour, trente soldats, hurlant un air farouche,
Vinrent, en l'insultant, l'arracher de sa couche,
Sans expliquer pourquoi ni comment, aussi tard,
Ils venaient arrêter ce paisible vieillard.
Il partit, opposant pendant tout le voyage,
Le dédain à l'insulte et le calme à l'outrage,
Levant sur eux des yeux où brillait la fierté,
Lorsque leurs cris brutaux froissaient sa dignité.
Bientôt, il fut conduit par sa garde haineuse
Au colonel, siégeant au-delà de la Meuse,
Et celui-ci, barbare et brutal comme tous,
Le fit, au même instant, jeter sous les verroux.
D'une fureur sauvage, innocente victime,
A tous ceux qu'il voyait il demandait son crime :
Qu'avait-il fait, pour être, ainsi qu'un malfaiteur,
Garrotté, souffleté par un soldat vainqueur ?
— Mais il l'apprit bientôt par ses bourreaux eux-mêmes.
Ma voix pour vous maudire a trop peu d'anathèmes,
En songeant que cet homme, aux souffrances brisé,
Fut, pendant plusieurs mois, battu, matyrisé,
Abreuvé d'ironie et nourri de souffrance,
Parce que, sans lui dire et pendant son absence,
Les héros de Verdun, se trouvant les plus forts,
Avaient pris sa voiture et remporté vos morts.

HENRI, balbutiant.

La guerre....

MONTERMÉ.

    Ah ! voilà donc, en face de la terre,
Comme dans votre armée ont pratique la guerre !
— Oui, tels étaient son crime et votre loyauté.
Et, maintenant, telle est votre férocité,
Que, durant ces deux mois pendant lesquels, esclave,
Son cœur, en se gonflant, essuya votre lave,

Vous l'avez, ô bandits, comme un homme de rien,
Comme un nègre qu'on vend, ou plutôt comme un chien,
Attaché lâchement au pilier d'une grange,
Le visage dans l'ombre et les pieds dans la fange ;
Resserrant les liens qui l'allaient meurtrissant,
Sans voir que sur son corps coulait parfois du sang ;
A chacun de ses cris, frappant sur son front chauve,
Comme un dompteur brutal sur une bête fauve ;
Lui mesurant le pain et lui souillant son eau,
Inventant chaque jour un supplice nouveau,
A sa force, en un mot, mesurant son épreuve,
Jusqu'à cette heure, enfin, où, sans témoins, sans preuve,
Vous l'avez condamné, — vous, sombres ennemis,
Maîtres par la terreur, se croyant tout permis, —
A mourir de la mort des lâches et des traîtres,
Entre un arbre muet et les cris de vos reîtres ! !..
    Quand le jour du martyre, enfin, fut arrivé,
Qu'il eut perdu l'espoir d'être jamais sauvé,
— Ranimant dans son sein un reste de courage, —
Le désespoir au cœur, mais le calme au visage,
On put le voir, tranquille, en un dernier effort,
Comme un héros antique aller chercher la mort.
Mais si, pour supporter votre insulte brutale,
Il avait dans le cœur une force morale
Digne d'un Spartiate et digne d'un Français,
    — Grande dans le revers comme dans le succès, —
S'il avait l'âme, enfin, d'un demi-dieu de Rome,
En recevant vos coups il n'était plus qu'un homme.
Quarante nuits d'injure et de privation,
La chute de nos fils et de sa nation
Avaient miné ce corps qui n'avait plus à vivre,
Et c'est en vacillant, comme s'il était ivre,
Qu'il se mit à genoux près de l'arbre fatal
Où l'allait égorger un ennemi brutal !
    Ah ! dans le sang versé, fortifiant ma haine,

J'aime à me rappeler cette époque lointaine,
Où l'on voit s'agiter ce spectacle odieux
D'un vieillard défaillant, un bandeau sur les yeux,
Et quinze ou vingt soldats, le sarcasme à la bouche,
Lui montrant, d'un regard bestial et farouche,
Une tombe, d'avance, ouverte par leur main,
A l'ombre d'une haie, aux rives d'un chemin ! ! !...
    Ainsi finit, par vous, l'ami de mon enfance ;
Mais au moins il mourut comme l'on meurt en France,
Lors même que, vaincu, l'on tombe défaillant,
Les yeux sur le vainqueur et frappé par devant ! ! !...
    Quelquefois un passant qui connut la victime
S'arrête devant l'arbre où se commit le crime,
Pour donner en silence—ô triste souvenir !—
Une prière à l'homme, une larme au martyr,
Et, triste. en évoquant une seule ombre humaine,
Faire saigner son cœur et raviver sa haine ! ! ..
—Voilà ce qu'on a vu sous votre joug vainqueur,
En tramblant d'épouvante, en frémissant d'horreur !
Mais ce n'est pas là tout ce qui ce fit d'infâme :
J'avais avec ma fille, ici, laissé ma femme,
Lorsque l'arme à la main, quoique débile et vieux,
Je suivis mes amis pour combattre avec eux,
Et, ne pouvant courir sur les champs de batailles,
Défendre au moins l'honneur des antiques murailles
Qui protègent Verdun de leur front tout noirci,
Et que, tremblant d'orgueil, je pouvais voir d'ici.
Pour nous jeter la mort et calmer leur furie,
Vos frères se cachaient près d'une batterie
Qui n'attendait qu'un mot pour nous incendier,
—Mot que lança bientôt un peuple meurtrier !—
On ne pouvait la voir des remparts de la place ;
Les assiégeants, près d'elle, étalaient leur audace
A l'abri du danger, comme un voleur de nuit
Nargue dans son repaire un chasseur qui le suit,

Certain qu'on ne pourra découvrir sa retraîte
Et que le fer vengeur est bien loin de sa tête !
Ainsi cachés, et sûrs que chacun de leurs coups,
Quelque ligne qu'il suive, irait tomber sur nous,
Ils lancèrent, sans but, souriants et tranquilles,
En trois jours, sur Verdun, vingt mille projectiles,
Confiant au hasard le soin de les guider
Et menaçant le Ciel qui semblait les aider !
    —On se trouvait alors vers le milieu d'octobre ;
La brume descendait pour cacher votre opprobre,
Il pleuvait. La tempête, au-dessus du vallon,
Mêlait ses hurlements à ceux que le canon
En nous crachant la mort du haut de ces mantagnes
Faisait entendre au loin aux paisibles campagnes.
Ah ! c'était effrayant !... c'était lugubre et beau
Comme un rayon de gloire éclairant un tombeau !...
Car, debout sur nos murs, solide malgré l'âge,
Le vieillard à l'enfant apprenait le courage,
Et le père, expirant aux côtés de son fils,
Lui montrait comme en France on aime son pays.
Ah ! comme on répondait à la bombe rougie
Que lançaient vos soldats en sortant de l'orgie !
Ah ! quelle activité, dans tous nos bastions,
Animaient nos soldats !.. comme nous nous battions !
Chacun, dans le danger, montrait de l'héroïsme ;
Les classes s'effaçaient dans le patriotisme
Comme devant la mort, dans l'ombre du cercueil.
Ceux qu'on voyait hier, éblouissants d'orgueil,
S'enfoncer dans le luxe et vivre au sein des fêtes,
Redressaient aujourd'hui le front sous nos défaites
Et, chargé d'un fusil, se proclamant soldats,
Furieux, activaient la fureur des combats !
Plus loin, c'était cet homme à la modeste blouse,
Qui, pour servir la France, avait fui son épouse
Et montrait, en bravant le boulet meurtrier,

Qu'il est du sang français dans un cœur d'ouvrier !

Que ne pouviez-vous voir, de vos retraites sombres,
Tous ces hommes, allant, courant comme des ombres
Sans demander merci ni chercher de repos,
—La veille encor marchands et ce jour là héros ! —
Ah ! vous eussiez rougi, vous, hordes meurtrières
Cachant dans nos forêts vos deux aigles guerrières !...
La sueur de la honte eut souillé votre front,
Si toutefois encore il pâlit sous l'affront;
Mais non, vous eussiez ri de loin, peuplade infâme !..
Non, vous eussiez tremblé, car vous n'avez pas d'âme !
Se repaissant la nuit et craignant le grand jour,
Votre aigle, aux yeux ternis, n'est qu'un lâche vautour
Suivant, de son vol plat,—certain de se repaître—
Huit cent mille bandits dirigés par un maître ?

Ne m'interrompez pas !.. Ah ! laissez-moi parler
De ces crimes affreux que vous voulez céler.
—Depuis deux jours déjà l'on se battait sans trêve :
Epuisé, haletant, on croyait faire un rêve !..
C'est que ce vieux Verdun était horrible à voir !
Car vos boulets, partout, portaient le désespoir ;
Partout, l'obus sifflait au-dessus de nos têtes,
Allant porter la mort dans les noires retraites
Où la mère cachait son enfant au berceau,
Sans prévoir que l'abri deviendrait un tombeau !
Ici, l'assassinat, et plus loin l'incendie
Eclairant le tableau de votre perfidie ;
Puis, au sein d'un silence effrayant et glacé,
Des cris de désespoir d'un enfant écrasé
Qui, disputant sa vie à la fureur des flammes,
De sa voix, frêle encor, vous appelait infâmes !
Les mères à leur fils, partout, tendant les bras;
Les cloches troublant l'air de leur funèbre glas;
—Voix lugubres, semblant, du haut de leur demeure,
Crier en longs soupirs que quelqu'un, à cette heure,

Va, mourant quelque part, rendre son âme à Dieu
Et dire à cette terre un éternel adieu !
Ou bien, pressant ses coups, jetant au loin l'alarme,
Demander du secours à la main veuve d'arme.—
   Et vous voyiez cela du sommet d'un coteau !...
Et vos soldats riaient de ce triste tableau,
Et quand l'écho, parfois, à leur visage pâle,
D'un sein meurtri par eux, portait le dernier râle,
Un *hurrah !* frénétique, éclatant sous le ciel,
Allait, note infernale, éveiller l'Eternel !
Car la pitié, pour vous, n'est plus qu'une utopie!!..
   —Nous entendions vos cris,—voix sinistres de pie
Annonçant que bientôt la mort et ses douleurs
Vont se montrer soudain sous vos pas de vainqueurs!
   Mais c'est la nuit, surtout,—le ciel était bien sombre!—
Quand les maisons en feu, se détachant dans l'ombre,
Tombaient pierre par pierre et lambeau par lambeau,
Qu'il fallait contempler ce lugubre tableau !
Qu'il fallait écouter, dans un profond silence,
Ces clameurs s'élevant, comme un soupir immense,
Vers un ciel qui semblait se jouer de nos pleurs
Et nous voir, à plaisir, expirer de douleurs !
Mais n'insultiez-vous pas à ces sanglots sinistres
De vos rires brutaux et des sons de vos sistres?
—Pourtant c'était horrible !.. et quand un craquement
Nous annonçait la fin de quelque monument,
Devant le noir tableau de ce sanglant désordre
Nous sentions notre cœur se serrer et se tordre,
Et suinter lentement sur vous, peuple vautour,
Le venin de la haine et les pleurs de l'amour !

HENRI, impatienté.

Eh ! parbleu ! comme vous, et dans la France entière,
Combien d'autres ont vu ces spectacles de guerre
Et n'ont pas dans le cœur, pour notre nation,
Que haine, que mépris et qu'indignation !

MONTERMÉ.

C'est que ceux-là, monsieur, ne sont que des infâmes
Et n'ont pas vu vos fers assassiner leurs femmes
Comme moi, dans Verdun.—D'ailleurs, il en est peu :
Nous vous haissons tous et j'en rends grâce à Dieu !
   Oui, dans ces jours maudits, vos balles criminelles
Imprimant sur nos murs des taches éternelles,
Ont frappé mon épouse auprès de son enfant !
—O glorieux exploit d'un peuple triomphant ! ! !..—
Et vous, vous voudriez qu'aujourd'hui j'oubliasse,
Comme l'onde qui fuit, comme le temps qui passe,
Un forfait odieux, dont je frémis encor,
Qui m'a percé le cœur et privé d'un trésor ;
Un coup qui, d'une mère, entr'ouvrant la poitrine,
A fait le père veuf et la fille orpheline ?...
N'aurais-je pas perdu mon épouse, mon fils,
Un ami de vingt ans, qu'encore mes défis,
Insultant à la force et narguant la victoire,
Iraient vous éveiller sur vos couches de gloire !
Oh ! non, n'essayez pas de me faire oublier
Que, pendant cent combats, il nous fullut plier,
—Un genou sur le sein, un talon sur la gorge,—
En râlant, comme râle un géant qu'on égorge !
Oui, ce serait assez d'avoir, pendant six mois,
Vu la France obéir à vos infâmes lois,
Implorant du regard un ciel impitoyable
Aux genoux d'un vainqueur sauvage, insatiable !
D'avoir vu se creuser des rides de douleur
Sur son visage mat, effrayant de pâleur ;
De l'avoir vue, hélas ! sortir de la mêlée
Chancelante, l'œil éteint, sans voix, échevelée,
Et, comme Laocoon quand les plis des serpents
Le meurtrissant lui-même, étouffaient ses enfants,
Sous les coups répétés d'un supplice sauvage,
Pousser un long sanglot de douleur et de rage,

Et, terrible en ces cris comme en son désespoir,
Tordre ses bras meurtris, maculés d'un sang noir !
Puis bientôt, sur son sein, laissant tomber sa tête,
Par son épuisement avouer sa défaite !
    N'est-ce donc pas assez qu'un pareil souvenir
Pour qu'une haine vive et passe à l'avenir?
Eh quoi! sachant cela, vous demandiez ma fille,
Croyant à la colombe allier la chenille!!...

HENRI, furieux.

Ces insultes, monsieur.....

MONTERMÉ, continuant sans l'écouter.

                    Et moi, j'aurais vécu
Pour donner, en tombant sur mon pays vaincu,
Ma fille à ce bandit!!!...

HENRI, hors de lui,

              Allons, monsieur, j'espère....

MONTERMÉ. toujours comme s'il ne l'entendait pas.

Jamais je ne serai jusque-là mauvais père !
Jamais je ne serai jusque-là criminel
Pour trahir ma patrie en insultant le ciel !
Que me servirait donc d'avoir, en cent batailles,
Répandu de mon sang et bravé les mitrailles
Pour l'honneur de la France et de son vieux drapeau?
Ah ! je préférerais me creuser un tombeau,
Et, vivant, de mes mains, ensevelir moi-même
Ces quelques cheveux blancs et ce visage blême
Dans le sein de la terre ou le feu d'un volcan !...
J'aimerais mieux au cou me mettre le carcan,
Plutôt que de descendre aussi bas dans la fange
Et m'avilir au point de vous donner mon ange!!!...
Vous ne savez donc pas que vous faites horreur
A quiconque en son sein sent palpiter un cœur !
Vous ne savez donc pas l'allégresse et la joie

Qui nous transporta tous, nous, vaincus, votre proie,
Quand, debout, réveillés par un rayon d'espoir,
Nous vous vîmes partir pour ne plus vous revoir,
Rendant, après trois ans d'une vengeance amère,
La patrie aux captifs et les fils à leur mère !
Ah ! ce jour-là, joyeux comme le prisonnier
Qui ne sent plus sur lui peser l'œil du geôlier,
Près de nous, nos enfants, se souvenant encore,
Balançaient dans leurs mains un lambeau tricolore,
En répétant ce mot, si longtemps arrêté
Dans le fond de leur cœur : Liberté !... liberté !!!...
Et chacun, oubliant une douleur passée
Etalait sous vos pas une joie insensée !
Vous ne savez donc pas, vous, l'oppresseur d'hier,
Qui passiez, d'un regard écrasant le plus fier,
Que jamais dans mon cœur la haine ne s'efface,
Que, bas, comme parfois on fait une menace,
J'ai juré sur ma mère et sur notre drapeau
De venger notre affront du fond de mon tombeau !
De donner de bons bras à la vieille Lorraine,
En versant ma douleur, mon mépris et ma haine
Dans le sein, jeune encor, de mes petits enfants,
Si Dieu veut que j'en aie à la fin de mes ans !
Et sachez-le, vous tous, de la race prussienne,
Quoi que fasse le ciel, monsieur, quoi qu'il advienne,
Viendriez-vous m'offrir votre or et vos palais,
Ils ne naîtront jamais s'ils ne naissent français !

HENRI, à Blanche.

Et vous ne dites rien !... vous laissez votre père
Déchirer à plaisir une joie aussi chère !...
Détruire ces projets d'ineffable bonheur,
Formés par votre amour et dictés par mon cœur !

BLANCHE, avec mépris.

Il ose encor prier, vous le voyez, il l'ose !

HENRI.

Je demande pour vous : ma cause et votre cause,
Puisque nous nous aimons !

BLANCHE.

Je vous hais !

HENRI.

Désespoir

BLANCHE.

Oui, je laisse mon père accomplir son devoir,
Et moi, je fais le mien sans pleurs et sans souffrance,

(A ce moment entre Lucien Vernon en officier français,)

En courant de vos bras dans les bras de la France !

(Elle s'élance vers Lucien.)

LUCIEN.

Blanche, quel est cet homme?...

BLANCHE.

Un ennemi !...

MONTERMÉ.

Le tien,
Celui de tout français, mon fils : c'est un prussien !!!...

LUCIEN, faisant un pas vers Henri.

Haine sur toi, bandit à la main criminelle

(Henri furieux se dirige vers la porte.)

MONTERMÉ, pendant qu'il sort.

Haine au peuple allemand ! haine ! haine éternelle !
C'est là, sachez-le tous, le cri de tout français !

(Se tournant vers les spectateurs.)

En attendant que Dieu te donne le succès,
Avec tous tes enfants, France, Verdun s'écrie :
Haine au peuple allemand, amour à toi, Patrie !!!...

Verdun — Imp. de Laurent

www.ingramcontent.com/pod-product-compliance
Ingram Content Group UK Ltd.
Pitfield, Milton Keynes, MK11 3LW, UK
UKHW020126080726
13614UKWH00005B/2055